U0164300

我從未親眼見過自己

葉柏操 著

重新出發──葉柏操及其近作

王良和

一九九五年，梁秉鈞教授推薦我擔任藝術中心「詩作坊」的導師，至九六年，教了三期。葉柏操是第一期的學員，寫詩沒多久，就得到第二十三屆青年文學獎新詩高級組冠軍。印象中，那首獲獎詩略帶梁秉鈞詩的味道。他和部分「詩作坊」成員，如梁志華、陳敬泉、伍慧儀、葉堅耀、劉史文等，創立「我們詩社」，出版《我們詩刊》。葉柏操是有心人，在紅磡漆咸道 279 號三樓買了一個唐樓單位，裝修後名為「詩人空間」，讓大家有一個詩的聚腳點，並與梁志華、陳敬泉在旺角開辦「東岸書店」，默默做着實事，卻非常低調，總是站在「背後」。

「我們」成員，在《我們詩刊》停刊後，由凝聚而分散；東岸書店結業，大家更少見面，也許一年，甚至幾年才在「詩人空間」聚一聚。那段時間，葉柏操轉而投入「睿哲文化學會」的工作，協助學會辦哲學講座、學習班。記得我問過他，還寫詩嗎？他的樣子有點苦惱：我想不通我是誰，詩不能解答我的問題（大意）。或許這是他要在哲學中

尋找答案的原因;詩,幫不上忙。我聽後平靜,沒有感到可惜。詩,幫得上忙的時候,總會回來;或者,總會再遇上。近幾年,「我們」成員漸次「入五」甚至「登六」,偶以紀念甚麼日子為名,相約郊遊,談詩不多,話題多圍繞「健康」。我以為去大尾督、松仔園會見到葉柏操,他兩次說來卻抱病,來不了。

去年四月五日,突然收到葉柏操的電郵,說他嘗試翻譯了一些 Tomas Transtromer 的詩,「(嚴格來說,是我的二次創作),喜歡它們的哲學意涵,對自己啟發很大。希望可以再寫一些哲學性的文字作詮釋,結集成一半(本)小書」。那時父親病危,我差不多整個月天天進出醫院,憂心忡忡,精神極差,完全沒有心情談詩。特朗斯特羅默,我只讀過萬之翻譯的《早晨與入口》,以及網上(主要是大陸)的譯詩;「薪傳文社」雖曾開讀書會研習過他的作品,但我不是基督徒,不懂音樂,始終有距離,雖覺有些詩句的意念如「醒來是一次跳傘」,頗能震動人心;〈快板〉由音樂到自由存在的喜悅到對世界的溫暖懷抱,令人動容,但我對過於抽離情事、詩句跳躍的詩,沒有太多感覺,就請他找特朗斯特羅默的「粉絲」——我的好友胡燕青。

今年七月七日,葉柏操傳了一輯個人詩作給我看,竟

然有六十多首,一本詩集的份量。這是「我們詩社」退潮,差不多二十年後,再次讀到他的詩,而且是潮水般洶湧而來,完全是另一個葉柏操的詩,風格卻又異常統一:得力於翻譯特朗斯特羅默的作品,特朗斯特羅默短詩的聯想方式、操作方法,迴旋在他的近作之中;但葉柏操有更多對自我的探索與思考,「思」的形跡明顯,有些詩更擺明車馬在抽象的詩辯中推進,當然不乏回應本土政治和時事之作、對暮年父親的記憶、對舊物的感情,但多離不開對個人、他人、物的「存在」的思與感。總的來說,他是個有話要「說」的詩人,用「詩」的方式轉化他的「哲學」。

〈在浴室的夢囈〉,寫「我」赤裸、單獨在浴室面對自己、觸摸自己身體的過程中,發出對自我的疑問:

浴室蒸氣瀰漫

我必須接納自己

我一個人,接受自己不是另一個。

手指散開如觸鬚。它們觸碰那個我。

一束束的訊號互相傳遞

渴望知道和被知。誰?

知道只是知道,不是誰的知道。

〈某個夏天在榆樹下的算術練習〉從算術的數字思考有無、生死，《老子》「道生一，一生二，二生三」的大論，輕化成兒童的算術，結尾以我們的集體記憶「芝麻街」，「天真」地為讀者出詩的算術題，誰回答得了？——立象以盡意：

> 那些「1」，「2」，「3」何時跨進我的世界？
>
> 從最初的樹林轉入芝麻街
>
> 我看見一隻大鳥
>
> 兩塊巧克力糖
>
> 三間茅屋……

「我是誰？」不斷追問人存在的本質、來源、歸宿，迫切地要尋找真我，葉柏操的詩多少有點存在主義色彩，而這是許許多多的詩人和作家面對過的問題、處理過的命題。〈我從未親眼見過自己〉自我分裂，尋找真像，從未在窄巷中與自己「狹路相逢」的意念，似曾相識，但作者總在思考中鋪墊、蓄勢，詩的驚奇力量在結尾爆發：

> 害怕啊，害怕
>
> 我是多麼的害怕
>
> 那天到臨

所有遍尋不獲的自己

一併出來回話

　　尋找真我只是葉柏操近作的一面，像〈老人院〉面對至親老病的敍事抒情、〈我們在墓園〉收筆的諷刺、〈是一頭鹿〉結尾動人的色彩、〈月光〉俳句般的簡練，都值得細味。

　　今年五月二十七日，「我們」同仁最後一次在「詩人空間」詩聚，大家不談健康了，難得讀詩。問葉柏操為甚麼又寫起詩來，仍然是有點苦惱的表情，但「輕盈」了一點：哲學解答不了我的問題。詩，似乎暫時幫得上忙。歡迎葉柏操重新出發。

2018 年 8 月 13 日

詩人時間

吳旰

一

西哲有云：詩人具有過於年輕的世界觀。意思是每個人都曾會有詩的年齡，但稍縱即逝，一入世情，詩性轉瞬流失。唯詩人能留得住詩的年歲。

今讀葉柏操詩集，知道以上所説有是對的，有是錯的。這詩集裏的每首詩，不是滿腔子赤子之心，是寫不出來的；不是曾經「內外全空，痛苦怖慄」，也是寫不出來的。赤子之心而陷於對於「實存」之要求恐真成無着處之絕境，正是生命存在的真實化之幾。生命存在的真實化之幾不是對存在的懷疑，而是對存在絕望。由存在的虛無之感入路，這內外全空之感無緣無故地浮現着、蕩漾着，只要你仍在場，深味這一無所有，只有這四方八面襲來的悲涼之霧，只有此苦、此怖，此嘆；如是由苦怖嘆三昧，可轉生一無所悲而自悲的悲情，是謂悲情三昧。悲情三昧之為悲情三昧，即悲情之絕望掙扎和自我否定；由無所悲而自悲之否定，轉而返歸那滿腔子悱惻不忍之赤子之心。是

赤子之心必涵苦怖嘆三昧，苦怖嘆三昧必涵悲情三昧，悲情三昧必涵覺情三昧。這裏的「必涵」，是生命主體還歸為主體實位之存在的由虛無感而證苦證悲證覺之必涵。這必涵，首先是赤子之心之與世情之相依而即。無赤子之心，則亦無所謂世情，無世情亦就無所謂赤子之心。

二

但「有些東西總是匿藏着／夜裏總有敲門聲，而開門不見」，「有這一天，一切完結。燈亮」(〈有些東西總是匿藏着〉)，這已不是疑惑，亦不是恐懼，亦不是絕望。

以至亦不是莊子的「方其夢也，不知其夢也。夢之中又占其夢焉，覺而後知其夢也。且有大覺，而後知此其大夢也，而愚者自以為覺。」(〈齊物論〉) 莊子氣定神閒，不是疑亦不是恐懼絕望，而是真正的退藏於密 (退藏於玄，退藏於無)。「參萬歲而一成純」，「萬世之後，而一遇大聖，知其解者，是旦暮遇之也。」(同上) 莊子並沒有一般人想像的那麼冷。〈有些東西總是匿藏着〉的作者似比莊子更冷，亦更奧秘、更絕望因而更期待。「每天／堅持醒來／為的是／深入夢境」(〈醒來，復活〉)。為的是證實一個「害怕」：

我從未親眼見過自己

我從未在窄巷中

與自己狹路相逢

我老是從見過我的人之中

打聽自己

我在月下敲遍柴扉

看自己會否應門

我照遍不同朝代的鏡子

以確定自己的真像

我甚至捏痛自己，抓自己的癢

看誰在痛，在癢

害怕啊，害怕

我是多麼的害怕

那天到臨

所有遍尋不獲的自己

一併出來回話
——〈我從未親眼見過自己〉

巴雷特（I‧Barrett）說：「對於祁克果來說，『我』的存在之所以不是一個概念，乃是因為他太稠密、太豐富、太具體了。……『我』的存在不是一個心理表象，而是一個我深陷其中以至不能冒出的事實。在這座鏡子室（康德的心靈及其所有的表象）裏，『我』的存在形象從不曾充分在任一面概念鏡子裏顯現出來；只因他本是包裹着所有那些鏡子的『在』。如果沒有這個『在』，就根本不會有這些鏡子。」（《存在與分析哲學家》[1]）

若說祁克果對於這個「我」之「在」，因為太稠密、太豐富、太具體，深陷其中，不能自拔，而感到暈眩；在兩百年後，〈我從未親眼見過自己〉的作者，人之子，正如全詩所言，卻從未遇見過自己，以至在「自我的尋求」[2]的背後，匿藏着一個巨大的恐懼——專屬於現代人的恐懼：他沿途尋找自己，走到盡頭，只怕發現：沒有自我，只有回聲和遍尋不獲。

---

1   見《哲學譯叢》1993 年第一期，頁 13。
2   「自我的尋求」，著名心理學家弗洛姆之名著書名。

月光照着屋瓦

灑滿池塘

也緊盯着我

我變得透明

天亮前

無處可躲

　　　　　——〈月光〉

為此，人之子渴望進入「歷史」。即使在「歷史」中，
人往往痛不欲生，亦以曾經有生，不容錯過。但「我」常與
歷史的風雨擦肩而過。

只因這編排緊密的日程表

我耽誤了一場雨

我辜負了

歷史的每一場雨

　　　　　——〈雨〉

但可怕的是,「歷史的每一場雨/已將路上的痕跡/沖擦乾淨」(〈歷史的審判〉),歷史容不下「我和我們」對它的辜負。「馬上,死者便離開了現場」(〈死者離開了現場〉) 亦似乎沒有甚麼「墓碑,為躺下者站立」(〈死者〉) 人之子,我,淪落成了「人」(人一般),讓「外面的走廊不斷響起聲音/有無數的門/打開了/又關上。」(〈老人院〉)。成了「物」,「只是一隻鳥吧/如何恪守天地的承諾呢?是誰,為牠/騰出一點空間,並且/以蒼穹之大/為牠留白?」(〈蒼鷺〉)「不能孤獨」、「不能怠惰」、「不能向上尋覓」(〈螞蟻〉)。

退休了。時光染白了我的頭髮
牛皮包閒置牆角
默然接受,它的內裏
再一次被掏空
　　　　——〈公事包〉

活生生的生命早已被剝落,軀殼生命今再一次被掏空,牛皮公事包曾經塞滿各種的「我」、「人」、「物」、「事」、「愛」、「死」以至「神」的計劃,而今掏空,在牆角向人冷笑。

三

　　沒有同病相憐這回事。既然愛是一個人的愛，死是一個人的死。「我沒有太需要一座城市／我也不怎樣需要一個國家／但我需要一條狗⋯⋯」（〈國家、城市和狗〉）

已毋須在一起

我們已不害怕

那叫「生活」的東西

它迫近時

我們總能及時走開

　　　　──〈已毋須在一起〉

　　我們總能及時避開生活，但總無人能及時避開死。「儀錶停了。那人進來／你攤開雙手／是放開抑是迎接？／那人只呼喚了一個名字／你便答應了。」（〈那人〉）

在廢置的伊甸園外

上帝跟我重新立約：

他仍然提供：一根肋骨，一塊泥巴，

一棵蘋果樹和一條蛇，而我──

答應：不拒絕消亡

不妄想

查個水落石出

堅守：

碩大的虛無

遍在的漆黑，以及

完美的苦難

————〈約定〉

據說這是唯一擔保不會「查個水落石出」的最後實存，真相是只須答應與上帝重新簽約。有人不喜歡簽約，他願與佛同行。

滿街的春色

他一路說不

人們跟我招手

我一路點頭稱是

我沿路創造的風景

他緊跟背後

逐一刪除

有那樣一天

機緣成熟，我也被刪除。

　　　　——〈佛與我〉

　　逐一刪除的，原是我的妄執，以及妄求實存而究竟不得的恐懼。滿街的春色，沿路風景，人們跟我招手，佛亦無妨點頭稱是。話雖如此，無論耶穌教的「飛鳥有巢，狐狸有穴，人之子無家可歸」，還是佛教的「十二緣起，生死流轉」，總是從「人」(真實個體人) 未生前着眼，說「生」如何可能，或「不可能」，故說造物主、說神、伊甸園 (耶)，說業力、種子 (佛)。既着眼人生之前、說生之可能，故總說「決裂」，總說「離」，總要「捨」，總說「無生」，視世間如火宅。「一尊黑檀木的觀音/在我家說法四十年/不能等了/門外有人呼叫：/哎呀，你家着火了！」(〈說法〉) 明儒王龍溪說「佛氏從父母未生前着眼，儒者從赤子着眼」。弗洛姆亦從赤子着眼說「人是唯一帶着哭聲來到世間的」，但仍在說赤子與自然的決裂。與王龍溪並稱「二溪」之羅近溪即赤子落地啞啼一聲，說不忍，說良知之為「當下本體」，「具足現成、生生不息」，方真是「從赤子着眼」。此則茲事體大，赤子之心之不安不忍，就是人之子最後真實的家，就是存在之最後真實的「有」(而不是「空」，亦不是

上帝)。凡真證苦、證怖、證悲、證覺而見道者，必歸於「證有」，而「證有」必為內在的、心靈的，因而必攝理於覺、攝如於悲，生命真實化為「慧根覺情」之「大有」，即感受、即倫理、即宗教。「大人赤子，念念之無二體；聖心天德，生生純是一機。」(《盱壇直詮》上卷，頁9)「本來赤子之心，即是大人。」(《盱壇直詮》下卷，頁11)

四

　　祁克果謂「真實的主體不是認知的主體，因為，在認知中他在『可能』的層面游移。真實的主體仍是道德地存在的主體。」(《哲學片斷・最後的非學術性附篇》)而道德主體意味着抉擇，在存在的感受中「非此即彼」，此則逼使真實的個體既從感受性中「縱躍」到道德，但道德法則只有普遍性，具體的行為仍須每次在抉擇中與無條件的普遍法則決裂，而帶有罪性，而不得不由道德投向「絕對」的「有」(信仰)。此之謂「以虛無為用，投向存有(上帝)」。此呼應耶穌之燃燒生命，而為「激情的祈求，泯能歸所」，不同於佛教之「還滅無生而窒悲」，而「以誹謗生命為超越」(尼采語)則一也。「以道德方式思想的人並不毀滅心靈的感受，而祇視之為一剎那，這一剎那他不生活(不存在)在這一刻中

……。」(祁克果《非此即彼》)他需要「存在的跳躍」。存在的抉擇並非在「好」與「壞」中進行,而是在為自己招致善與惡之關頭進行。但——

注意:

橋上的人會不停向你招手
隧道裏會有不竭的呼喊聲

……

記着,但須頃刻忘記:

一切目的地
可能僅是虛幻無憑
但虛幻,也可能是唯一的真實

——〈死者離開了現場〉

　　詩人由感受階段躍入道德階段,由道德階段躍入宗教階段;然後,決定由宗教返回道德,由道德返回大人者不失其赤子之心。「有一天,我決定修行/修行一年之後

（⋯⋯）／修行兩年之後（⋯⋯）／修行三年之後（⋯⋯）／修行四年之後（⋯⋯）／修行十年之後／忽然地／我問自己：為甚麼修行？再過十年／我仍然是麵包師／親手捏出生活的形狀、顏色／和味道」（〈修行之後〉）

往後的日子，「我平坦的生活裏，總是隱伏着一座山。／如果我願意／每天仍可攀爬，向上」（〈何文田山〉）。

並且錐心地關切每件「數字裏有故事的全部」。

一輛 E23A 機場巴士，傍晚 6 時 44 分
在元州街 74 號失事。3 死 30 傷，14 人留醫。

巴士晚點 9 分鐘。司機 44 歲，連續 3 天駕駛 14
　小時
家有老少 6 人，月入 14000
加班多賺 4000，一年加班 40 次

上層第 2 排的年邁夫婦，事發時往接機途中。
妻子即時死亡；丈夫留院 8 天。
他們在廣州結婚，1966 年偷渡香港。1997 年兒女
　移民美國

2017 年孫兒回流工作，當晚乘坐 UA16 航班，預料
7 時 45 分抵港。

其餘 2 名死者：26 歲的單親媽媽和 3 歲女兒
她們住在元州街 66 號的劏房。3 天前女兒感染
H1N1 流感
當晚媽媽下班後，帶同女兒往對街 49 號的診所
覆診。
6 時 43 分，她們等在 74 號的過路燈前⋯⋯

燈號每秒、每秒催促
6，5，4，3⋯⋯

　　　　　　　——〈數字裏有故事的全部〉

　　葉柏操是哲學課堂上最沉着的同學，所交論文甚富思
辨；他有一讀書室名「詩人空間」，我不知道他長久以來是
詩人。今天，他用詩寫了哲學。

　　　　　　　　　　　　　　　2019 年 1 月 18 日

詩人何為

　　德國哲人海德格（M. Heidegger）說：只有詩人能夠聆聽語句的召喚，棲居在詩意的世界中。所謂的詩意，並不單指文學的向度，而是一種「存在之思」，涉及世界的解蔽和敞開。棲居就是回家，回到澄明的本真。

　　詩人借助語句的創造、顛覆、深化，嘗試打破常規中的僵化觀念，讓現象世界得以整全地、多向地敞開，回復原來的豐富和活潑。

　　翻開葉柏操的詩集，處處可見他對存在的疑惑和思考。首先，他對自我有無限的陌生：「我從未親眼見過自己」，「我甚至捏痛自己 / 抓自己的癢 / 看誰在痛 / 在癢」，「我一個人 / 接受自己不是另一個 /……我的腋窩痕癢 / 痕癢不是全體的痕癢 / 我想幫忙」。他回到人的起點，詰問自己如何認識世界：「那些 1，2，3 何時闖進我的世界？」他凝視剛生下來的兒子，奇怪「我們可一分為二」。

　　最尋常的事物，即使只是一張「椅子」、一扇「門」、「兩隻麻雀」，在他筆下有無盡的新奇。世界需要「重新定

義」，他要「脫落五色的輪廓／重新走出來」。他呼喊：「世界啊／你為何不發一言？」

　　他的探索延伸至人的價值、死亡和宗教。〈老人院〉、〈晚間新聞說葵涌某校有孩子墮樓〉、〈發展商〉等詩章不只控訴社會，也是對人的終極關懷。他憂慮人的世俗化：「當我成為我們／線索便斷了」。他戲謔建制所言的愛：「經上說／愛是恒久忍耐／不張狂……我忍耐不住了」。他匍匐在歷史跟前，徬徨不知前路：「歷史的每一場雨，已將走過的痕跡，沖擦乾淨」。生死事大，人卻一無所知：「死亡唾手而得／天地動容……我走不回頭」，所以他只能在怖慄中靜待死亡：「死亡對我的恫嚇／夜夜隨夢而至」。他的神也毫不穩固，人只能無奈地答應：「不拒絕消亡／不妄想查個水落石出」。

　　存在是不可說的。世界隱蔽地敞開，一體平鋪：「一切平等／無可訴說」。詩人與身旁的物事，無分等級地同時擔負着存在：「我們的命運相交／永遠有下一秒在等待我們」。「在一樣動人的暮色中／我走在牠們中間／渲染了一樣的金色」。在另一些詩句中，他白描的存在還原成空色皆忘的禪世界：「忽然腳底一滑／跌進茫茫的空白」，「不旋踵／月亮現身／一個圓」。

自然，詩人沒有為存在的諸問題提供答案。我們只看見他佇立在五色紛陳的世界面前，不停徘徊、猶豫。世界懸而未決。但正因為懸空不決，他的世界敞開成無限的可能。

自序：我為甚麼寫詩

大約在十四歲。一天醒來，窗外有一隻鴿子，被後巷的電線纏着，無助地掙扎。牠紅色的眼珠骨碌轉動，不斷盯着我。

我寫下平生第一句詩：「醒來，與一隻鳥對望，我是甚麼？」

當天晚上，鴿子仍脫不了身。兩眼反白，肌肉偶爾抽搐一下。第二天，牠死得僵直，爪子發黑。陰沉的天空，不發一言。此後多月，牠一直吊在那裏，日照雨打下，變成一堆不可辨識的物事。

母親跟我一起見證鴿子之死。每次她走到窗邊，都會說：「好可憐啊！」我沒有告訴她我寫下的詩句。語言承載不了死亡。

此後的歲月，我在建制下討生活，使用清晰無諍的語言，對世界既成的一切，認作當然。可是，偶爾深宵臥被之際，那東西還是爬出來。那是：一種原始的陌生感。對於世界，我總是問：為甚麼如此呢？我的發問，可以簡單地用下面的一首詩表述：

我從未親眼見過自己

寫着寫着

1 不是 1

2 不成 2

當文字變成陌生

字裏行間

我們還要摸索

那些留下的空白。

　　我斷續地寫着詩。它能助我直觀世界，在矇矓中，在不確定中飽含暗示。封閉的世界，偶爾會打開小小的天窗，讓星光透進。玄妙地說，詩好像老早就在那裏了，我只是媒介，將它帶到世上罷了。

目錄

我從未親眼見過自己

輯四 事

我從未親眼見過自己

輯五　愛

輯六　死

輯七 神

後記

| 輯一 |

我

我從未親眼見過自己

我從未親眼見過自己
我從未在窄巷中
與自己狹路相逢

我老是從見過我的人之中
打聽自己

我在月下敲遍柴扉
看自己會否應門

我照遍不同朝代的鏡子
以確定自己的真像

我甚至捏痛自己，抓自己的癢
看誰在痛，在癢

害怕啊，害怕
我是多麼的害怕

那天到臨

所有遍尋不獲的自己

一併出來回話

在浴室的夢囈

浴室蒸氣瀰漫

我必須接納自己

我一個人，接受自己不是另一個。

手指散開如觸鬚。它們觸碰那個我。

一束束的訊號互相傳遞

渴望知道和被知。誰？

知道只是知道，不是誰的知道。

生殖器抒張不停，甚至指向天空。

但它沒有知道。

生殖器不認它的主人。

我的腋窩痕癢

但痕癢不是全體的痕癢。

我想幫忙。

蒸氣迷濛裏

我跟身體說話。

偶爾我聽到答話。它在變。

我答應讓它變

我甘冒未知的危險。

某個夏天在榆樹下的算術練習

某一夏天，

有樹，雲和爬行的蟲

有一些林林總總的「有」

————

也有我

我是一種「有」；我在因此我有

母親曾經是「1」，現在是「0」

母親只是一個母親，不是複數的母親

————

那些「1」，「2」，「3」何時跨進我的世界？

從最初的樹林轉入芝麻街

我看見一隻大鳥

兩塊巧克力糖

三間茅屋……

生日

我的生日

在友儕的歌聲中度過

他們要我開懷

忘記我出生那天的痛苦

我回不去了

我們都回不去了

當我變成我們

線索便斷了。

我和我們慶祝生日

兒子

凝視

剛生下來的兒子

奇怪我們可以一分作二

忽然

——哇——

千古不解的

就在那一聲

哇

醒來，復活

醒進

耶穌復活前的一天

大地準備震動

天使列隊

長長的喇叭高高地舉起

醒來進入

同一個夢的

不同段落

每天

堅持醒來

為的是

深入夢境

向世界宣言

我要求世界停下

我要求世界停下回望世上的紛亂

我要求世界停止無謂的暗示

我要求日不落、花不謝

雨下至半空刹停

我要求我在棋盤的位置不變

我要求風暴凝住

船隻在飄泊中停駐

山谷的雲返回昨天

我的要求過分了嗎?

世界啊,

你為甚麼不發一言?

月光

月光照着屋瓦
灑滿池塘

也緊盯着我

我變得透明
天亮前
無處可躲

雨

只因這編排緊密的日程表

我耽誤了一場雨

我辜負了

歷史的每一場雨

它們嘩啦，嘩啦地

帶來那麼豐富的消息

我讓雨點平白打在頭上

我害怕雨水滲進皮膚

為了贖罪

雷雨交加之夜

我總是睜眼醒着

每夜

每夜，屋外的兩棵樹

以風聲掩飾，説着話

霧迷下走近房子

每夜，整個星空不停眨眼

它的秘密

慢慢下降人世

待晨光後大白

聖經沒記下的奇蹟

每夜發生一次

我躲在門後

幾次想走出去——

走出去，最後

勉力在喉間

發出一個音

昨天在升降機內跟人齟齬

昨天在升降機內跟人齟齬

升降機記着這事

今天提我

那人兇極了，像中年的父親

我十歲那年，他在公園拿走我的橙味冰棍

用捲起的報紙叭叭打我，而母親袖手

她那天穿着紅色的碎花裙子

每天我帶着他們上街

他們伺機走出來

在前方公園，在街角，在升降機內

那些形狀，聲音、顏色、味道

和痛楚

| 輯 二 |

露宿的人

露宿的人
往暗處擠
往幽閉處躲藏
讓視覺隱去
味蕾脫落
心的四季消失

露宿的人
讓路人輕忽他
讓僅靠眼睛的
找他不着

露宿的人
靠餘下的食指
指出月亮

老人院

你的暮年，或者值得

多一點的日光

你常常赤裸下身

要關門嗎？不

讓屈辱直接進來

讓一切坦白

一天餵食三次

清潔腰下四次，翻身兩次

吞藥十八顆

已不能跪下祈禱，也不能

盤膝打坐

不知能否進入天國

或者往生淨土

星期天，銀髮的兒子會來

或者不來，沒有關係

反正獨自蜷伏最好，那是 ——

原初的姿勢

左側仍是母親

右側仍是妻子

天花板隱現兒時的胎記

仍在不斷生長，你仰視它

便返回那一天 ——

又一次地，從那一天開始 ——

外面的走廊不斷響起聲音

有無數的門

打開了

又關上。

再需多久

這麼老了，仍有
智慧 ——
齒的問題，陌生的痛

再需多久，世界
才跟我同步老去？

再需多久，隔壁
才能叫停嬰兒
和愛情的浪聲？

再需多久
學行的孫兒就能把我
一記撞翻？

再需多久
一生才中一次的彩票
會讓我中彩一次

我從未親眼見過自己

再需多久
弱視才會讓位給全盲？
味蕾要完全消失？

再需多久
才終於被冒失的春雷
擊中？

再需多久
人們才會向我獻花
說一聲：我們想念你。

發展商

只有發展商

可以催促歷史，帶領它

走進：山谷，河套，郊野和海洋

世界只是物質

物質就是土地，而只有

發展土地

可以接近無限，比如：

這小小的地盤，地積十五倍，覆蓋率六成

兩梯十二伙，三十層高，樓面呎價一萬六千元

他們驕傲，僅以碎石，鋼筋和水泥

便築起了

兩千多人

往後五十年的生活。

夜空

城市的夜空面目模糊
霓虹燈是
慘白的月亮

孩子在窗前納悶——

——甚麼的意思啊？
——

他哭了
在大廳的媽媽
擁他入懷
逗他吃糖
叫他的名字
一遍、兩遍、三遍

孩子再沒有望向夜空

健忘的詩人

健忘的詩人

將一本詩集和剛買回來的豬肉

一併放進冰箱

他還忘記了

今天停電

誤置的世界

也是個安身之所

健忘的詩人（2）

健忘的詩人
將一本詩集和剛買回來的蘋果
一併放進冰箱

蘋果返回冬天
詩喜歡陌生的冰冷

這不是它們原來的意思

甚麼是事物原來的意思？
秋天，果子掉下
貧困，便寫點詩

一個 15 歲的隱蔽青年在家中死去

一個 15 歲的隱蔽青年

死在家中

腐臭的肢幹

無奈曝光

既然隱蔽

教育局找他不着

找了五年

世界失去了他五年

政府統計説：

市內有十萬個隱蔽青年

人死了

隱蔽青年少了一個

死亡名冊上多了一個

何為隱蔽？

官員説：那只是

我從未親眼見過自己

喜好的問題

喜歡白

或者更愛黑

|輯三|

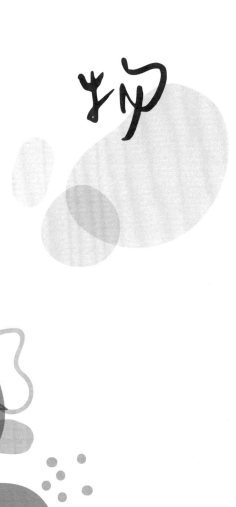

蒼鷺

冬天最後一隻蒼鷺
白茫茫裏的
一點灰

此刻牠沒有展翅
只是默默地
守着蒼白的存在

只是一隻鳥吧
如何恪守天地的承諾呢？
是誰，為牠
騰出一點空間，並且
以蒼穹之大
為牠留白？

大雪之夜
必定有誰
以更大的翅膀
覆蓋牠

兩隻小麻雀

兩隻小麻雀，誤闖地庫的商場。

剛下課的孩子

馬上圍攏過來

麻雀和孩子，嘰喳嘻笑，奔跑追逐，共享

書包裏頭的爆穀和脆米花

便有天地初開的歡樂

彷彿創世以來，一直等待着

這不期之遇。

不旋踵，孩子興盡歸家

麻雀不歇地

向着命運飛舞

螞蟻

萬物自由
螞蟻不是

螞蟻不能孤獨
螞蟻不能怠惰
螞蟻不能向上尋覓

那天，一隻螞蟻在書桌上迷途
它走遍書頁上的蠅頭小字
以為找回自己

泥土

為甚麼崇敬一撮泥土
親吻它,將逝者交託?

所有根蒂的記憶
所有走過的泥濘
所有將要踏出的腳步

從一粒沙開始

一口鐘

廟裏的一口鐘

晨曦敲響

噹——噹——噹

我聽出了

聲音預先的安排

指揮捧下

合唱的鳥叫響，和唱的風聲低迴，還有——

聽眾們一起一伏的呼吸

這交響樂曲

每天演奏一次

那一口鐘

在它鑄造之前

早就安放在那裏

文字

寫着寫着

1 不是 1

2 不成 2

當文字變成陌生

字裏行間

我們還要摸索

那些留下的空白。

櫥窗

玻璃櫥窗

陳列了各種愛

那麼多的創造

教上帝一下間跌倒

人便相信

地獄裏頭

也有五光十色的愛

而且不一定苦澀

如果上帝

在第二次創造時

抄襲了我一樣的容貌

他必然也喜歡

玻璃櫥窗

罐頭裏的生活

我沒有生活
超市架上的沙甸魚
如是說

沒有生活
即是一種生活

而且
在濃烈的五味之中
仍然封存了
大海的記憶

是一頭鹿

是一頭鹿

是牠

分了世界的一部分

如果牠是馬

分得的會更多

長日將盡

所有的動物

攜帶牠們的重量

走回起點

揚起的蹄甲

甩掉經驗的沙粒

在一樣動人的暮色中

我在牠們中間

渲染了一樣的金色

內窺鏡

我們內省的理想

藉着這小圓鏡

拖曳着導管完成

這裏也有四季

如歌的節拍，如夢的風景

可以抽搐，也可以哭泣

既然選擇了

從外面看

世界一分作二

相隔着的，只是

一根導管

公事包

一個水牛皮造的公事包

與我共事了三十年

時間對我的影響大

對它很小

我們都能抵禦寒冷

都能收藏難題

退休了。時光染白了我的頭髮

牛皮包閒置牆角

默然接受，它的內裏

再一次被掏空

腳指甲

相忘了兩個月

不知它已能刺穿襪子

昨日那冗長的會議，它靜靜地

增長了 0.0001 公分

多少奧秘，假它而行。

它在暗處滋長，不斷推陳出新。

不斷推陳出新

我被慢慢推走

一根鬚

面頰上的一根鬚

快要長出來

怪癢癢的

我便撫摸它

僭越地撫摸它

好像

我是一個神

此刻我的注視

將它置於世界的中央

它猶豫

想退回根蒂

門

它是一扇門

它的位置優越

可以看着我

同時看見世界

它咿呀咿呀地

老是要告訴我一些甚麼

受了風的鼓動

它總想打開一條狹縫，讓世界

一點一點地

進來

椅子

一張椅子，連着它的四條腿

四平八穩地

端坐那裏

彷彿天地初開時

便是如此

我跟它長久對望

我們平等

它是那樣圓滿，具備了椅子的一切

它在那裏

它必須在那裏——

因此，我膜拜它內裏的神祇

椅子仍在生長

我聽見掙扎向上的

撕裂聲

一片落葉

秋天的山上
一片樹葉落在我的頸項
「颼」的一聲

滿山的落葉
就是這一片

它不是第一片，也不是
最後的一片
它就是這一片

就是它
下了這個決定——

它下了這決定，在山
高聳為山之前，在秋
成熟為秋之前

| 輯 四 |

事

國家、城市和狗

我沒有太需要一座城市
我也不怎樣需要一個國家

但我需要一條狗 ——

深宵巷裏
不停的吠聲

汪，汪汪，汪汪汪……汪……
那麼多的心事

而且，我確實知道
我家門後的狗
總會豎耳，細聽 ——
那些響徹黑夜的消息

如今，在一個盛產楓樹的國家
在一座不怎樣叫出名字的城市

無數的夜裏

只有寂靜的聲音。

幾何圖形

黃昏登山
眺望我的城市

街道縱橫交織。我看見
我的住處、工作和生活的地方
它們以直線、弧線相連
也有三角形和梯形
也有圓

我看見我的過去和未來
那些不可移動的幾何圖形

這一切，或許因為一個意志
祂或他或它的
偉大計算

燈火逐一點亮，吞吐閃爍
背後是碩大的漆黑——

輯
四

事

重新定義

你一定想過，在一年伊始

一切得重新定義

火沒有燒痛人

慾望沒有色彩

快樂沒能令人愉快

秋天不一定是金色的

春天也不一定帶來希望

從一幀去年的彩照中

你獨個兒

脫落了五色的輪廓

走了出來

直線、曲線和圓

黃昏病榻中
心臟跳成一條斷續的線

只一隻蒼蠅在匹敵世界
牠飛，在劃弧
完成了的曲線
凝固空氣中

夕照爬在牆上
影子傾斜

一切平等
無可訴說

不旋踵
月亮現身——
一個圓

銅鑼灣站

仍然要前行行進行過一條接一條的管道不停轉向向東向西
向上向下我們竟然在應許的規劃裏迷途迷途在網絡的邊陲
只知道跟隨不斷跟隨灰色模糊的人流蠕動不斷蠕動不止息地
——蠕動

朝左　　　　　　　　　　　　　　　　　　　　朝右

　　　　　　　　向上

　　　　　　　　向下

如一個受蠱的意志進入兩旁巨幅廣告的魘夢偶然的肢體碰撞肢體
目光互擊目光摩擦不出火花不斷地向下又向下到達死人的深度
但仍然迷戀速度信仰速度追逐下一站緊接下一站遺忘了空間的異化
遺忘了肉身雖然瞬間推走泥土但泥土仍然永久擁抱肉身候車的
從黑漆的盡頭看出曙光但仍不得超越界線擴音器的真理每隔

三分鐘、三分鐘

又三分鐘

重複

一次

一次又

重複一次

直至你

重新

走進陽光

襪子、鞋子、腳

同一雙襪子，每天你要檢視它們兩次

趾頭處已被撐得闊闊

緊密的綿線拉扯成網羅

連冷着的腳也不願伸進去

但可以避開陳套麼？

好像地車來了

你故意退到最後

看着人群像牙膏般擠出來

騰出空間讓對等的人擠回去

有時你假寐到終站

享受人散後車內的空靈

有時你讓自己坐上慢吞吞的電車

擁擠但安穩

坐在那裏

你長久凝視自己的一雙鞋子

它們認得走過的路麼？

晃動中熟悉的漸漸陌生

抬頭忽然身邊的人都換轉了

你想像有一天要離開

走得遠遠沒有帶走用過的鞋和襪

在另一個天空下

你看着自己一腳泥濘

你的庭院

你的庭院

長出了兩株果樹

夏天果實纍纍

你便陷溺了

妻子是一尊雕像

你也是的

走廊四面是鏡，你們展覽生活

按編定的時序

攤開了所有的幸福

晚上夜梟叫響

風吹動每片樹葉

你的心

顫 —— 動 ——

從沒耕種，如何享用果子

從沒尋覓，為何一切現成

夢裏你仰視天空

有人在雲端說話

並且為你

垂下一根繩子

祖母和一些事情

我的祖母今早死了

今早，她死了

這樣的一樁事兒

僅僅是這樣的一樁事兒

今天發生了一次

今天又發生了一次

祖母是重量

祖母是聲音

祖母是一霎的光

祖母是投在地上的影

祖母不是別的東西

祖母不能是別的東西

我是容器

我是張口的容器

容納得了容納不了

能掏空不能掏空

需傾注無法傾注

我是容器

容器

張口

我服從定律

我們都服從定律

已迫近

已逐漸迫近

引力

引力的邊沿

墮下

星散

我們

有關一場遊戲

沒有問准你，我存在
起初你在上頭，注視、靜默
以為是遊戲，以為需要躲藏
牆也沒問准我
便留下我的影子

微型的創世記在每個清晨發生
要有光，就有光
早餐時父親都像耶穌
輕輕呼喚他們內在的兒童，然後——
有人打鬥

我在生活，僅僅用了腹部
靠着皮層呼吸
毛孔成了複眼
把世界看成複數，時隱時現
就在剎那停頓時我幾乎看見

歡好時我撫摸的是時間的骨

長久裸露在煙薰中

裸體便不成裸體

一次不成功旅程的回溯

沒有人懷疑過黑

但蚯蚓說：黑是有方向的

合上眼吧，這時若強行去看

就必然看到

沒有雀鳥懷疑過天空

沒有畫工懷疑過貼在窗外的風景

依原先的安排，花朵要不斷暗示昆蟲

土地要不斷向落葉招手

沒有一片葉懷疑過樹

所以原野的樹不辨善惡

大海不是知識，一口痰也不是

如何知道有血，知道

血在管道內憂戚地爬行

長頸鹿的脖子是充滿經驗的封口瓶

如何溢出，如何掏空

如果掏空就是溢出

遊戲要重新開始

墓地四周鋪滿了底片

等待天空閃光

曝光後大地將蒼白如雪

房子

男人在門外打鐵

女人屋內執拾

天地之大

聚焦一所小小的房子

是時候了。

她叫夕陽冷去

炊煙冒起

男人走進房子

一路創造屋內的風景

忽然地

他覺得陌生

在一口他打造的水井裏頭

他第一次看見

自己的倒影

一切是昨天的延續，他們吃飯
找些話說。晚上親暱，汗濕中
呼叫對方的名字
彷彿才頭一次這麼做

爐火燒得壯旺
天地之間
就這麼一所房子

九條魚，一個人

長久與缸裏的九條魚對望

我們熟稔

牠們以微薄的活動

闖進我豐厚的生命

我是主人：每天餵食，供氧，換水

而且因了我的觀賞

牠們才得以存在

但就在對望的一刻

我們的命運相交，永遠有——

下一秒

下一秒，下一秒等待

等待着

我們。我們是：

九條魚

一個人

觀畫

從右下角的小茅屋出發

踏着

鋪滿楊花的青石徑

幽幽的花香

帶領着

潺潺的溪水

越過柳堤跟一條小河相會

拐了彎

木橋已經在等待

橋上回首，還認得來處嗎？

如果不是那幾縷溢出的炊煙

過了彼岸

路便迂迴陡峭了

半山的小亭有高士在盤坐

是否也要停下來沏壺新茶呢

往幽深處

走入後山的煙靄

一幕水簾濺起的水花

沾濕了衣襟

樹梢欲滴的露珠兒

凝住了鳥鳴與山音

不絕的攀爬

幾乎撞上了岩石磷磷的頑固

厚重的雲翳

拒絕我們踮足的窺探

忽然

腳底一滑

跌進

無垠的

空白

有些東西總是匿藏着

有些東西總是匿藏着

夜裏總有敲門聲，而開門不見

街上總有一雙窺伺的眼睛

而我的血管內，總爬行着一些我忘記了的東西

尼斯湖底總有怪物

百慕達總有不明的飛行物

阿爾卑斯山總有雪人

那些一閃而逝的東西

我沒法看真

指縫間漏走的沙粒

我無法可尋回

有這一天，一切完結。燈亮

節奏

陽光下

大海的呼吸祥和

但它的深處

洶湧澎湃

節奏是偉大的東西

心臟知道

琴鍵知道

鐘擺知道

節奏乘着時間而行

它的指揮棒

舞動世界

睡醒

醒來
帶着夢屑

世界等在那裏
一把將你攫住

就像時間
守候一朵玫瑰
哄它生長、開放
然後
凋落

反抗不易
但總有人
夢中睜着眼睛

我的寫字間

我的寫字間：三塊玻璃屏風，一面牆

我被囚禁

同時被看透。

一台複印機

複印品散落一地

找不到原件

一盒五百枚的萬字夾

有千人一臉之痛

一排二十四支的鉛筆

找不到異端

桌上的電腦，我的化身

我們朝夕相對

屏幕沒有走出一個惡魔

千百個複製的下午，只偶爾——

有一隻

闖不出去的蒼蠅嗡嗡叫

偶爾

天花板會掉下一些泥巴

名字

我馱着一個名字

準確說

只是三個單字

世界若靠名字找我

我不在

我在哪裏？

滿街的霓虹招牌

湊巧可以見到

那三個字

小石子

路上偶然踢着的小石子
骨碌掉落
幽暗的水渠

日子久了，耐住了寂寞
沖擦渾圓
不再害怕玷污

它便是天下石塊的楷模了

枕木兩旁的碎石，速度下受壓
魚缸裏的鵝卵石，閱歷了生死
國會台階上的雲石，滑不溜手
防波堤的巨石，暗裏角力
教堂的五彩玻璃石，見證神聖

它們，是它們
無聲地撐起了世界
幾乎越過了永恆

晚間新聞說葵涌某校有孩子墮樓

每天，有下墜物

打窗前經過

今天

是個孩子

孩子如定律般

下墜

如細胞核般

分裂

若說下墜也是飛翔吧

孩子不比飛鳥自由

若說下墜是反抗吧

孩子最後的夢想是超升

晚間新聞的旁白說：

孩子成績優異

同學需要心理輔導；又說：

今天葵涌區的空氣污染指數是六

風險中等

便安心在下墜中上升吧

孩子

如煙花的隕落

下墜

總有大地承托

地圖

旅途中

看倦了快速移動的景物

偶然低頭

手裏的地圖

是一方不動的風景

旅途中

小小的地圖令我生疑

世界這樣小

前路卻無盡

直線既是最短

為甚麼有圓和弧呢？

旅途中

詰問一方地圖

我們失去的東西在哪？

山是棕色的，海是藍色的，城鎮是紅色的

那麼天空呢？

最初

趁着時間不察
事物走回最初

一隻蒼蠅
抖落飛行的紀錄
牠的複眼空茫一片

閒逛中的雲朵
快鏡般奔回起點

孩子們推着
失散已久的嬰兒車，哭喊着
要找回第一天的母親

課堂上的黑板，一層一層地
抹去粉筆的痕跡
直至露出最初的
黑色

────────

就讓事物在最初的一天重遇吧。

歷史的審判

因循的歷史
總是延誤了審判，而且
錯判了——

貪婪但時行報施的人
殺戮但心存公義的人
傲慢但知所行止的人
縱慾但關顧家庭的人
妄語但言必有中的人

歷史的台階
爬滿了候審的人

歷史的每一場雨
已將路上的痕跡
沖擦乾淨

高鐵

如是日子再不能催迫
輪軸滾動的速度已超過了定律

壓縮的兩點之間
我們加快被抖落，來不及
思考世界，或者
它原來的目的

高速的永恆中
時間被扭曲
地平線彎成新月
夕陽被拉長，不肯落下

一群寒鴉來不及被驚起
無法再替夕陽定位

倉促間
窗外景物如梭

不見起點

不是終點

我從未親眼見過自己

| 輯 五 |

愛

我對妻子的愛

我對妻子的愛
相等於對兒子的愛，稍高於
對父親的愛

下班回家
所有排列中的愛
同時綻放

我在浴室赤裸
摸索心臟的平衡點

已毋須在一起

已毋須在一起
我們的城市
再沒有要求月色
信仰的光
來自鎢絲、霓虹燈和
光的纖維

已毋須在一起
妻子每夜獨自看星
她相信閃耀的愛
我能交出的十種
她都説不是

已毋須在一起
今早他們燒掉母親
我們看着她的煙
偽裝成飛逝的雲
筆直逃竄

已毋須在一起

周日的詩歌

唱不進我的心坎

牧師跟我們道別

我一轉身

便遇見了神

已毋須在一起

我們已不怕

那叫「生活」的東西

它迫近時

我們總能及時走開

我們住在廟街

今早出門

妻子在我耳邊呵氣：別碰她們。

她染紅的咀唇，旁邊的汗毛

令我痕癢

由廟街轉入上海街，我看見兩個她們 ——

那些近乎

裸裎的

胸脯……和大腿

南京街口，又有兩個。我的身體

起了——

變化

那些原生的記憶體

無聲鼓起……我

不再是我

陽光下一切坦白

我又何必躲藏

我回不了家

妻子啊，請幫忙我。

我的愛

我的愛太廉宜了

可以向她，她，她及她

一大堆的她們

她們說夢中有我

因此，我出現在一大堆的夢中

而且那些我，都能回愛

但日光下，我不知愛

我厚顏在世上行走，僭越地佔據一席

而不知有愛

經上說：愛是恆久忍耐，不嫉妒，不狂傲……

我忍耐不住了。

我不知愛

我不能知愛

我不想知道

今夜的伴侶咯咯地笑：

噓！別聲張，就讓我們試着愛吧！

一根樹枒

一根樹枒，被強風折斷

但仍然選擇向上。

紅火的意志充盈：要活好，開花，結果。

整個森林便燃燒起來，蔓延城市

讓所有健康的婦女

懷抱希望

紅火的意志伸延至──

無垠的太空

在黑漆的永恆裏，有一顆星球

微小如塵，但光亮如燈

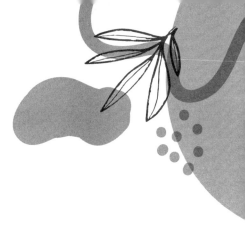

|輯六|

北

認識的三個人離世

認識的三個人離世

33，59，64

我 63

我一個人

徘徊在窄門的入口

中午的陽光，遍照行路的人

人們在生活

我在生活

人叢中，差異是那樣巨大

但每一張陌生的面孔

細看下又是那麼的雷同

事情在時序下發生，人群

在時間裏頭列隊

我認得眾多死去的人

那些未出生的

在每一棵樹下等待

葬禮展示

一張標準的臉

齒髮停止生長，也停止脫落

人們對那張臉的全部記憶

在儀式中一時綻放

那又不是一張標準的臉

粗微粒的遺照，在煙薰中

總有一點點的

你、我和他

葬禮歸來

我問家貓關於死亡的事

牠放大了的瞳孔容得下整座虛空
尾巴翹成一個問號，問我：
「你是誰」？

對了，我是誰？

我。我有母，有妻，有兒
有工作，有朋友，有一段段的關係和感情
全仗他們
我成為了我

一生總是重複一幅草圖的內容
三房一廳，兩廁一廚
床上堆滿無法回應的夢
憑着光影
計算每一天
憑着喜悅或者哀愁

分別這一天和那一天

我是主人？

我不是

我僅有的武器是

深宵翻上來的記憶

能記着的已是我的全部

金秋之後是寒冬

明春到臨之前

不知能否順着時針走

命運之謎

攤開如掌中紋路

沒法解答，但必須緊隨

對於一場驟雨

只有在廟前躲避

我僅有的自由是：

假裝順應、屈從、故意被拖延和耽擱

我
從
未
親
眼
見
過
自
己

然後不發一言

有關我的一切

不會在歷史課本上記載

我將逝去無跡

我存活世上

我缺席世界之中

一點分別也沒有

那夜到臨

光明在猶豫中隱退，我的臉

獨立於千篇一律的臉。這一夜

將以我為最大

我欲將我摒於門外

眼睛合上後的黑

與世界本來的黑重疊

成了

那人

儀錶停了。那人進來

你攤開雙手
是放開抑是迎接？

那人只呼喚了一個名字
你便答應了。

掛鐘失卻內容
走廊看不見盡頭

再沒有門
再沒有牆

那人
牽着你的手 ——

離去 ——

世界再次噪動起來

我們在墓園

約好了的人
八方而來
我們在墓園

能聚攏便好
説着話，日子就過去了

這年頭，生活真不易啊！
孩子大了，我們老了

能有個家，少折騰便好
你看躺下的他們……
老天爺管治不好
少了公道。

啊，別説這話。
人平安，身體不壞就是了。

是哩，打打麻雀

看看電視算不賴了！

這兒的日落真美

家裏沒有這樣的景色

我們在墓園

天正在黑

接着現身的繁星

只是某場煙花匯演的

餘燼

掃墓

活人滿山
尋找死人

墳頭編配的號碼
死者毫不知情

嬰墓細小，母親的眼淚
每年滴在同一地方

夕陽準時冷去
毫不過問生死

遍山尋找
只找着
我們認得的東西

墓碑上的文字
只供沒關係的人閱讀

死者

死者躺下

存者站立

世界是一種方向

只有墓碑

為躺下者站立

遺體

這蒼白的軀體
仍想說話

死亡啊，為甚麼
遺漏了它？

死亡從不回話。我們只能說：
遺體大於死亡

不可說的
只能被埋

挖深，再挖深一點
對，這便是了。

死者離開了現場

馬上，死者便離開了現場
路面的血跡還未及沖擦
四周是不知情的腳步

有人問路。
此處往北
過橋，然後往東
穿過隧道——

注意：

橋上的人會不停向你招手
隧道裏會有不竭的呼喊聲

記着：

事情會不停發生
世界會不斷向你阻撓

我從未親眼見過自己

記着，但須頃刻忘記：

一切目的地

可能僅是虛幻無憑

但虛幻，也可能是唯一的真實

晚上的星星仍不斷眨眼

明天景物便會重新佈置一遍

螞蟻之死

晚飯時，一隻黑蟻爬在碗內

我用拇指捏死了牠

毫不費勁地

死亡，明明白白

蟻死了——

一隻蟻死了

彈指間，那小黑點

萎縮成另一種存在

我悚然而驚

我看着我的拇指

不相信

死亡居然唾手而得

天地動容

我從未親眼見過自己

我已走不回頭 ——

此事之後

死亡對我的恫嚇

夜夜隨夢而至

| 輯 七 |

神

說法

一尊黑檀木的觀音
在我家說法四十年

四十年來
雨不斷敲窗
月圓了又缺
魚缸裏幾番生死

然而家裏
鏡子還是鋪滿塵埃

於是，不能等了
門外有人呼叫：
哎呀，你家着火了！

哎呀，有人跑到街上
哎呀，有人四處尋找滅火器

每一場火之後

一彎新月，仍掛天邊

約定

在廢置的伊甸園外
上帝跟我重新立約：

他仍然提供：一根肋骨，一塊泥巴，
一棵蘋果樹和一條蛇，而我 ——

答應：不拒絕消亡
不妄想
查個水落石出

堅守：
碩大的虛無
遍在的漆黑，以及
完美的苦難

上帝跟我的約定無間。

記錄者

對於一閃而逝的東西

誰是記錄者？

大海的洶湧澎湃

頁岩不斷積存

鷹隼的翱翔

天空一刻不漏

人們每天的影像

鏡子全部收藏

兇手舉刀的剎那

驚懼的眼球不會忘記

我們的一生

最終滲進塵土

我從未親眼見過自己

記錄下來的東西

在時間裏頭一閃一閃

目送我們消逝無蹤

何文田山

我的住處
曾經是一座山

霧起之日，隱約間
山仍在呼吸
山中小亭，仍然有我。

我在。我在讀書、聽泉、吟唱
倦了，看一方古日，隨雲彩歸去

我平坦的生活裏，總是隱伏着一座山。
如果我願意
每天仍可攀爬，向上

曲幽通處，山氣日夕佳
峰嶺之上，飛鳥相與還

佛與我

心內的佛與我同行

我們上街

滿街的春色

他一路説不

人們跟我招手

我一路點頭稱是

我沿路創造的風景

他緊跟背後

逐一刪除

有那樣一天

機緣成熟，我也被刪掉。

修行之後

我是一個麵包師
有一天，我決定修行

修行一年之後
我不要家了，家只是
樹枝築成的鳥巢

修行兩年之後
眼睛已能自行離開
並且唆使耳朵不聽聲音

修行三年之後
我看見下一刹，那些「秒」如瀑布流動
我也看見我
刹那、刹那在鐘錶裏頭閃動

修行四年之後
我看見祖先們列隊

我從未親眼見過自己

在一本歷史書裏逐頁爬行

修行十年之後

忽然地

我問自己：為甚麼修行？

再過十年

我仍然是麵包師

親手捏出生活的形狀、顏色

和味道

數字裏有故事的全部

一輛E23A機場巴士，傍晚 6 時 44 分
在元州街 74 號失事。3 死 30 傷，14 人留醫。

巴士晚點 9 分鐘。司機 44 歲，連續 3 天駕駛 14 小時
家有老少 6 人，月入 14000
加班多賺 4000，一年加班 40 次

上層第 2 排的年邁夫婦，事發時往接機途中。
妻子即時死亡；丈夫留院 8 天。
他們在廣州結婚，1966 年偷渡香港。1997 年兒女移民美國
2017 年孫兒回流工作，當晚乘坐UA16 航班，預料 7 時 45 分抵港。

其餘 2 名死者：26 歲的單親媽媽和 3 歲女兒
她們住在元州街 66 號的劏房。3 天前女兒感染H1N1 流感
當晚媽媽下班後，帶同女兒往對街 49 號的診所覆診。
6 時 43 分，她們等在 74 號的過路燈前——

燈號每秒、每秒催促
6，5，4，3……

後記

終於完成了這本小書。事情擱置了很久，因為一直不太肯定將這些文字公諸於世的意義。感謝幾位師長替本書撰寫序言。我獲益不少，也得到很大的肯定和鼓舞。

詩是甚麼？對於我，詩總是在毫無防避下突襲，彷彿它一直隱藏在我的內裏，伺機走出來。詩擺脫了一般語言的功能和格套，自身就是目的。它是藝術，一種不可用語詞解說的語詞。

詩不是現實，但離不開現實。它是早晨鏡子裏的那個人，街角似曾相識的面孔，深宵巷裏的狗吠聲，抽屜底遺忘已久的一封信。每次我追查它們的來處和下落，便找着了詩。

年事日長，身邊走失了的事物太多，它們會回來嗎？生命裏一閃而逝的那些東西，現在何處？想像一個冬日的黃昏，老去的我在夕陽下打盹，桌上有一杯已冷的咖啡，和這本薄薄的詩集……。

我從未親眼見過自己

作　　者：葉柏操

封面設計：蕭雅慧

出　　版：匯智出版有限公司
　　　　　香港九龍尖沙咀赫德道2A首邦行8樓803室
　　　　　電話：2390 0605　　傳真：2142 3161
　　　　　網址：http://www.ip.com.hk

發　　行：香港聯合書刊物流有限公司
　　　　　香港新界大埔汀麗路 36 號中華商務印刷大廈 3 字樓
　　　　　電話：2150 2100　　傳真：2713 4675

印　　刷：陽光 (彩美) 印刷有限公司

版　　次：2019 年 4 月初版

國際書號：978-988-78988-7-0